图书在版编目（CIP）数据

在炉火边 /（日）铃木守绘著；孙雅甜译. — 广州：
广东人民出版社，2024.3
ISBN 978-7-218-17310-8

Ⅰ. ①在… Ⅱ. ①铃… ②孙… Ⅲ. ①儿童故事—图画故事—日本—现代 Ⅳ. ①I313.85

中国国家版本馆CIP数据核字（2023）第254233号

Danro no Maede
Copyright © 2008 by Mamoru Suzuki
First published in Japan in 2008 by KYOUIKUGAGEKI Co., Tokyo
Simplified Chinese translation rights arranged with KYOUIKUGAGEKI Co.
through Japan Foreign-Rights Centre/Bardon Chinese Creative Agency Limited

ZAI LUHUO BIAN
在炉火边

[日] 铃木守　绘著　　孙雅甜　译　　　　　　　版权所有　翻印必究

出　版　人：肖风华

责任编辑：李展鹏
特约编辑：许东尧
责任校对：李伟为
装帧设计：亚　娜　刘弋捷
责任技编：吴彦斌

出版发行：广东人民出版社
地　　址：广州市越秀区大沙头四马路10号（邮政编码：510199）
电　　话：（020）85716809（总编室）
传　　真：（020）83289585
网　　址：http://www.gdpph.com
印　　刷：中华商务联合印刷（广东）有限公司
开　　本：787mm×1092mm　1/20
印　　张：2　字　　数：15千
版　　次：2024年3月第1版
印　　次：2024年3月第1次印刷
著作权合同登记号：图字19-2024-008号
定　　价：49.80元

如发现印装质量问题，影响阅读，请与出版社（020-85716849）联系调换。
售书热线：020-87716172

在炉火边

[日] 铃木守 绘著　　孙雅甜 译

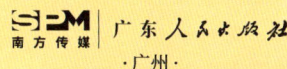

一天，我在山里迷路了。
天空中下起了雪。
我又冷又累，埋头向前走着。

我看见了一棵大树,树上有一扇门。
我想进去休息一会儿,就推开了那扇门。

里面黑乎乎的,什么也看不见。

"太冷啦!把门关上,到这边来吧!"
不知是谁在里面说道。

"门旁边有蜡烛哦！"

我划了一根火柴，点燃蜡烛。

蜡烛的火苗顽皮地跳了一下——活像个小生命。
我不禁也跟着开心起来。

我拿起蜡烛,朝里面走去。
很快就看见了一个壁炉,
木柴在炉子里噼噼啪啪烧得正旺。

"快过来坐下,暖暖身子吧!"
一只兔子坐在壁炉前,对我说道。
"谢谢!"
我也在壁炉前坐了下来。

熊熊燃烧的火焰将炉子照得红彤彤的。
我感到浑身都暖和起来了，就像是泡了个热水澡。

这时，我觉得后背有点扎。
回头一看，发现几只动物正在我身后睡觉。

"累了就休息。不要勉强自己。
只要安静地休养一阵子，就能够重新振作起来。"
兔子看着火苗说道。

话音落下，兔子不再说话，
只是目不转睛地看着壁炉里的火。

火焰静静地摇曳着，燃烧着。
哪怕一句话也不说，只是看着火苗一跳一跳的，
心里也会渐渐平静下来。
或许在很久很久以前，人们也曾像这样默默地凝望着火焰吧。
心里这样想着，我又高兴起来。

我轻轻地靠着身后的动物。
整个后背都暖洋洋的。
那是藏在粗硬毛发下的柔软肚皮传递过来的温暖。

不知道是什么动物,慢吞吞地爬到了我的肚子上。
它的喉咙一直发出呼噜呼噜的声音,应该是一只猫。
这只猫可真胖,我心想,快赶上狸子那么大了。
虽然有些重,但压在肚子上很舒服,所以我什么也没说,只轻轻地抚摸着它。
于是猫的呼噜声又变响了一点。

沙沙，沙沙。猫伸出舌头，开始舔它自己的爪子。
那副样子就像在吃奶油面包。
太可爱了，我心里想。

猫把舔完的爪子轻轻搭在我的眼皮上。
热乎乎的，好舒服。
我不由得闭上了眼睛。

"我喜欢这里。"
我轻声对兔子说。
"能够喜欢上什么，是再好不过的了。
只要有了喜欢的能力，找到了喜欢做的事情，
无论何时何地，都能活得很好。"
兔子轻声对我说。

木柴还在噼噼啪啪地燃烧着。
猫呼噜着，发出均匀的呼吸声……

第二天早上,我睁开眼睛,看见光从窗户的缝隙里照了进来。

我推开窗户。外面,阳光已经洒满了每一个角落。
"谢谢大家!我要走了。"

"我喜欢你!"
兔子把脸贴在我的脸上说。
我跳出大树,向着太阳奔跑起来。

铃木守

日本画家、绘本作家、鸟巢研究家。1952年出生于日本东京。东京艺术大学肄业。凭借《黑猫三五郎》系列获得赤鸟插画奖，《山居鸟日记》获得讲谈社出版文化奖绘本奖。主要绘本作品有《汽车嘟嘟嘟》系列和《猫咪寿司店》《你好，山雀》《神奇的迁徙之旅》《动物的家超有趣》《世界鸟巢图鉴》《神奇的鸟巢》《鸟巢研究笔记》等。多年来，在日本各地举办鸟巢展览会和绘画展览。